Extrait des *Annales de la Société littéraire, scientifique et artistique d'Apt.* —1864—

LE COURONNEMENT

DE LA

VIERGE DES LUMIÈRES.

Par le Dr C. BERNARD.

APT,

IMPRIMERIE ET LITHOGRAPHIE J.-S. JEAN,

Grand'Rue (près la Cathédrale).

1865.

Extrait des *Annales de la Société littéraire, scientifique et artistique d'Apt.* —1864—

LE COURONNEMENT

DE LA

VIERGE DES LUMIÈRES[1]

Introduction.

A celle qui porta la lumière éternelle ,
Nous aussi, Muse ! offrons et le lait et le miel.
    Mais pour célébrer l'immortelle,
    Venez à nous, anges du ciel !
Vénérables prélats que notre voix étonne,
Aux chants religieux, si nous mêlons nos chants ;
    Si nous joignons la fleur des champs,
Aux fleurs d'or, aux rubis de sa riche couronne,
    C'est que, de son appui vainqueur,
    Profonde en nous est la mémoire ;
    Dans cet hymne à sa gloire,
Si l'esprit nous trahit, nous comptons sur le cœur.

1. Pour l'intelligence de cette pièce, lire le *Mercure Aptésien* du 8 Août 1864, et la notice sur N.-D. des Lumières.

I.— Légende.

Vierge ! c'est toi qui devançant l'aurore,
   Jadis à des mortels pieux,
   Par des clartés de météore
   Te manifestas en ces lieux.
   Ces lieux — dit la sainte légende —
   A Marie étaient consacrés ;
   Mais par les ronces dévorés
   Depuis des siècles, plus d'offrande,
   Et plus de mystères sacrés;
   C'est la voix traditionnelle
   Aux ruines toujours fidèle,
   Qui seule disait au passant :
   « On pria dans cette chapelle,
   « La Vierge au cœur compatissant.
   D'une lumière merveilleuse
   Apparue au sein de la nuit,
   D'origine mystérieuse,
   Tout à coup se répand le bruit.
   Mais telle est la faiblesse humaine,
   Que tantôt la crédulité
   Vers le faux merveilleux l'entraîne ;
   Tantôt fuyant la vérité
   Comme un fantôme qui l'abuse,
   L'homme obstinément se refuse,
   Au jour de la réalité.

   Souvent, du sommet des collines
   Le pâtre a vu des feux sortir
   De ces murailles en ruines,
   Puis dans les airs s'évanouir.
   Le voyageur qui — d'aventure —
   Parfois s'est attardé le soir,
   Comme le pâtre a pu les voir.....
   — Phénomène de la nature !...

Des voyants le nombre s'accroît
Cependant; la contrée entière
Cédant à l'évidence, croit ;
Mais nul — sur *roche Colombière* —
Ne connaît les desseins de Dieu,
Ne voit l'avis qu'il donne au monde:
Et durant un siècle, en ce lieu
Nul sanctuaire ne se fonde.

Jalleton ! à toi le bonheur
D'ouvrir une ère de croyance,
Tu reçois et la clairvoyance ;
Et la plus insigne faveur.

II.—Première guérison.

C'était par un beau soir d'automne,
Dans le frais et riant vallon,
Où Limergue fuit Roc-Redonne,
Marche l'infirme Jalleton.
Bien moins sous le poids des années,
Que sous d'inguérissables maux,
— Le plus lourd de tous les fardeaux —
Ses faibles jambes sont traînées.
Quand soudain, de splendides feux
Éclairant la chapelle antique,
Beau d'une beauté Séraphique,
Se montre un enfant radieux.
Empressé, l'infirme s'avance,
Vers l'image qui le ravit:
Mais, quand pour l'atteindre il s'élance,
La vision s'évanouit.
Est-ce un fallacieux prodige
Des sens? non, plus vestige

D'un mal par trop matériel;
On dirait que dans la piscine
L'a plongé la mère divine,
Ou que l'a touché l'éternel.

II.— Nouveau sanctuaire.

Le sens de ces lueurs premières
Les hommes de foi l'ont compris.
Bientôt la Vierge *des lumières*,
En son honneur a vu les pierres,
S'élancer en sacrés parvis.

Dès que la nuit étend ses voiles;
Qu'un nuage de plomb assombrisse les airs,
Ou qu'en un ciel d'azur scintillent les étoiles;
Sous les signes divers

Du zodiaque, autour de la sainte chapelle,
Fréquemment apparaît quelque clarté nouvelle.
Dès lors se ravive la foi[1],
Au bruit des merveilles divines.
L'archange et ses soldats, tuteurs de ces ruines,
En tressaillent d'émoi.

Les globes lumineux révèlent leur présence.
Aux yeux des peuples de Provence,
S'élançant des flancs du rocher,
Comme un bel essaim qui s'envole:
Au terme de leur parabole,
Ils illuminent Goult, son temple et son clocher.

IV. — Prophétie.

L'hôte pieux de l'ermitage,
L'entendez-vous sur la hauteur,

Dans ce prophétique langage,
Dérouler l'avenir aux yeux du spectateur?
« Vois-tu? — me dit l'esprit — de la madone sainte,
« Le culte renové dans les âges grandir; ·
« Les générations se presser dans l'enceinte,
« Jusques aux profondeurs du dernier avenir?
« La lumière s'éclipse, et ma vue est dans l'ombre;
« Sur la maison de Dieu s'étend un voile sombre,

. . . .

  « La paix renaît, l'orage fuit;
  « Les apôtres du sanctuaire,
  « Sont au service de leur mère,
« Leur zèle évangélique a tout rendu prospère;
« Mais quelle est la splendeur de cette belle nuit? »
Le tableau qu'entrevoit en esprit le prophète,
Reine! est l'avant reflet de cet évènement,
Où le digne héritier de Pierre ceint ta tête;
  C'est ton couronnement.

V. — Rome.

Deux siècles de faveurs, ont — de la renommée
  Rempli la bouche; l'horizon
  Où luit la Mère bien-aimée,
  Embrasse jusqu'à l'Orégon.
  Rome, du pieux interprête
— Ce prélat qui, du ciel assiste à cette fête —
  Écoutant les vœux empressés,
  Rome par un pompeux hommage,
  A l'univers rend témoignage,
Des bienfaits qu'ont reçus ici les temps passés.

VI. — Fête de nuit.

Dès que la nuit — de la nature

A caché sous un voile noir
Le coloris et la parure, —
Commence la fête du soir.
Aux environs tout s'illumine,
De partout la clarté jaillit,
Et le jardin sous la colline,
Diapré, flamboie, éblouit.
Le trône où l'on a mis l'image vénérée,
— Sous un baldaquin blanc à gothique fronton, —
Paraît sur une estrade, avec art décorée
Par la frange, la fleur, la soie et le feston.
Sur le fond rembruni de la verte colline,
Dominant le jardin d'une grande hauteur,
La face maternelle à nos yeux se dessine,
    Dans toute sa splendeur.
    Les virginales compagnies
Exhalant tour à tour leurs belles harmonies,
Avec les Orphéons, excitent les transports.
    Après les suaves cantiques,
  · Ce sont les diverses musiques,
    Qui font entendre leurs accords.
    De blanches clartés suspendues,
    Brillent par ondulation,
    Et décorent les avenues
    Qui précèdent l'ascension.

VII. — Marche triomphale.

Qui nous le dépeindra, sur ce mont balsamique,
Le cortège montant par un large circuit,
Pour visiter le chef de la troupe angélique,
Aux rayons des flambeaux qui blanchissent la nuit?
    Nous le laissons dans sa spirale,
    Sur le domaine de Michel,
    Opérer lentement sa marche triomphale ;

D'autres diront ce spectacle du ciel:
Ces retentissantes fanfares,
Et ces vierges chantant en chœur;
Ces Orphéons remplis d'ardeur;
Ces feux de mille et mille phares,
Illuminant le ciel obscur;
Ces multicolores bannières
Qui réfléchissent les lumières
Dans de belles franges d'or pur;
Ces voiles qu'agite la brise;
Ces pasteurs des petits bercails,
Et ces hermines, ces camails;
Enfin ces princes de l'Église,
Au milieu des hymnes d'amour,
Dont inondent l'air les choristes,
Et des neumes, que les psalmistes
Jettent aux échos d'alentour.

VIII.— Bénédiction des Couronnes,

Mais disons la scène émouvante,
Dans les entrailles de ce roc,
Dont la grandeur vous épouvante.
Il doit crouler un jour ce bloc.....
Vaillant Michel qui nous abrites,
Tes yeux le tiennent en respect
Ce géant d'un affreux aspect.....
Voilà les couronnes bénites.....
Une superbe voix, dans un sublime chant,
Te rend grâces, ô roi du monde.
La foule quitte alors cette grotte profonde,
Et reprend du côteau le rapide penchant.

IX.—Panégyrique.

L'encens fume; aux flots de lumière,
La musique a mêlé ses flots harmonieux ;
La foi brise toute barrière,
Aux pieds de l'Éternel nous sommes dans les cieux.
Les cœurs palpitent dans l'attente;
Cette multitude languit,
Quand la voix sonore et vibrante
D'un pasteur, au loin retentit.
Du ministre éloquent la parole énergique
Atteint de trop grandes hauteurs,
Dans ce brillant panégyrique,
Pour qu'on en fasse l'historique,
Muse! rapporte-nous ce que chantent les chœurs.

X.— Hymne à la Vierge.

Seigneur! dont la bonté s'est traduite en Marie,
En rendant son hommage au sein qui t'a porté,
Reconnaissant, le peuple en lui te glorifie,
C'est bien ta main qui l'a doté?
N'a-t-elle pas reçu—la Vierge — les lumières
Qui de ton océan sortirent les premières,
De ton océan infini?
Les rayons qui l'ont embrasée,
Ne sont que ta douce rosée,
Et tout défaut, c'est toi qui d'elle l'as banni.

Chef-d'œuvre de tes mains, elle est l'arme solide,
Qui, de terribles coups écarte le péril ;
Elle est le miroir pur, dont le reflet splendide,
Guide la marche dans l'exil.
Elle est — du vrai soleil — l'avant-courrière aurore ;

De ces vallons bénis elle est le météore ;
     Ta lumière est son vêtement ;
     Sa main conjure le tonnerre
     Près de mettre en poudre la terre,
Et devant sa splendeur, pâlit le firmament.

Viens revoir le Liban, ô reine toute belle,
Le Liban, qui n'eût plus ni cèdres ni senteurs
Assez purs pour ton front ; cette fête t'appelle,
     Descends, descends de tes hauteurs !
Pour l'avoir revêtu de ta pure substance,
Ton fils te revêtit de sa toute-puissance,
     En te couronnant de sa main.
     De tes bienfaits la terre est pleine,
     Sa gratitude, ô souveraine !
Met aussi sur ta tête un diadème humain.

Après l'hymne sacrée, acceptant la couronne,
     La Reine vient des cieux ouverts ;
     Elle resplendit sur son trône,
     Salut ! trois fois salut ! Reine de l'univers.
Anne ! tu nous souris dans ton orgueil de mère,
S'il se pouvait, ce jour accroîtrait ton bonheur,
Les suppliques de ceux à qui ta fille est chère,
Arrivent à ses pieds en passant par ton cœur.

XI. — Couronnement.

Elle va s'accomplir l'action solennelle ;
C'est au nom bien-aimé du pieux donateur,
Que le Présent, venu de la Ville éternelle,
     Est offert par le saint pasteur.
Les rayons colorés des pierres précieuses,
Se mêlent aux rayons d'innombrables flambeaux ;
Les riches diamans aux plus limpides eaux,

Scintillent à l'instar d'étoiles radieuses.

Le prélat recueilli, majestueusement
   Des saintes images s'avance ;
— Le ciel est attentif, la terre fait silence —
Et des front virginaux fait le couronnement,
   En observant la préséance.

   Les instruments, les chants, l'airain,
   Tout part du même coup ; soudain,
   Dans les airs vole le salpêtre
   Que le bronze porte en ses flancs ;
   Cent et cent fois l'écho champêtre,
   Frémit à ces coups triomphants.

Le signal est donné par d'ardentes fusées ;
Le cercle étincelant s'épuise en mille tours ;
Soleils, gerbes, palmiers, naïades embrasées,
De leurs feux variés jonchent les alentours,
Serpenteaux vagabonds, chandelles lumineuses,
Meurent avec éclat, en inondant les airs
De globes enflammés, blancs, jaunes, rouges, verts ;
Les bombes, les canons aux voix sombres, grondeuses
Bourdonnent gravement comme dans les concerts ;
Quand, de blanches clartés dont la vue est ravie,
Dessinent de la Vierge un splendide portrait.
C'est le couronnement reproduit trait pour trait,
Avec ces mots sacrés : *Honneur, gloire à Marie.*

Pour éclipser alors ces clartés, ces éclats,
Sort d'un cratère en feu le bouquet volcanique.
Des jets torrentiels de lumière électrique,
Inondent l'atmosphère au milieu du fracas.

XII, — Vœux intimes.

Mais à côté de l'étincelle

Qui vit au fond du cœur, qu'est-elle
Cette brillante explosion ?
Qu'est-elle à côté de la flamme
—Dans les bouillonnements de l'âme—
Qui fait sa douce effusion ?

Qui nous dira les cris intimes,
De ces gémissantes victimes
Cherchant à secouer leurs fers;
Et les heureuses délivrances,
Et l'apaisement des souffrances,
Et la cure des maux divers?
—Mon fils dans le marasme tombe;
—Ma fille méconnaît ma voix;
—Si par malheur s'ouvre la tombe,
Combien d'orphelins à la fois !

Et mille et mille autres demandes
Et tant de suppliants souhaits
Et tant de futures offrandes
Qui paîront un jour ces bienfaits !
Les larmes que la gratitude
Viendra, dans cette solitude—
Répandre, qui les comptera ?
La Vierge et Dieu — dans cette fête—
Lisent seuls la page secrète,
Où le Seigneur les dotera.

XIII.—Discours pontifical,

Cependant ce refrain résonne :
« Quel front royal cette couronne
« Va-t-elle parer de son or ?
« C'est pour le front de la Madone
« Que Rome a donné ce trésor. »

Après les saintes harmonies,
Après ce refrain triomphal,
Voici des paroles bénies;
C'est le discours pontifical.

Va, Muse ! envain tu nous amorces,
Il a beau nous toucher l'éloquent orateur ;
On sait ce que valent tes forces;
Dans le rôle de réflecteur
De ce séraphique langage,
Nous n'irons point faire naufrage.

. . . .

. . . .

Mais du modeste pélerin,
Nous entendons la voix plaintive ;
Sa méditation naïve
Est confiée à ton burin.

XIV.—Chant du pélerin.

Vierge ! c'est ici que nos pères,
Durant les siècles écoulés,
Dans leurs innombrables misères,
Vinrent et furent consolés.
Sous la roche miraculeuse,
Dans cette enceinte lumineuse,
Tes chastes et puissantes mains
Souvent écartèrent la coupe,
Où s'abreuve de pleurs la troupe,
La troupe des pauvres humains.

Cette couronne qui scintille
A ton front, ô Mère de Dieu,
Doit être le phare qui brille,
Pour nous attirer au saint Lieu;

C'est le flambeau de l'espérance,
Allumé par la Providence,
Qui mène au souterrain sacré ;
Mais là, le soleil de la grâce,
De ce flambeau prenant la place,
Éclairera l'homme égaré.

Sauvegarde des vierges pures !
Du lépreux baume souverain ;
Lumière des heures obscures ;
Manne de la soif, de la faim ;
Refuge de la Madeleine,
Étoile de l'immense plaine ;
Ornement des sacrés parvis,
Vierge ! de la voix gémissante
Sois l'écho ; puis, la clé puissante,
Qui nous ouvre le paradis.

Le Seigneur a béni la foule prosternée,
Et la foule a loué son nom en l'adorant ;
Par un doux transport entraînée,
Elle a chanté : *Dieu seul est grand !*

XV.—Le divin sacrifice.

Voilà le divin sacrifice,
Que le prélat célèbre à la face des cieux.

. . . .

Magnifique nuit du solstice,
Rivale d'un jour radieux !
Nos enfants témoins de ta gloire,
En garderont mieux la mémoire,
Que celle de l'astre aux longs crins,
Dont la terrible chevelure,
Dit-on, présage à la nature
Des désastres et des chagrins.

XVI. — Départ.

A l'horizon rougi, l'on voit poindre l'aurore,
Comme un essaim qui part s'agite le concours,
On te quitte, ô Marie, et l'on voudrait encore,
    Que la nuit prolongeât son cours.
    Mais on te quitte pour ta mère ;
    Après cette splendide nuit,
    Sur son antique sanctuaire
    C'est un jour splendide qui luit.
    Par une heureuse concordance,
    Le ciel a voulu que vos noms,
    Unis par d'intimes chaînons,
Fussent fêtés ensemble avec magnificence.
C'est au brillant concours des illustres prélats,
C'est aux pouvoirs divers que ces pompes sont dues,
Vous, Ministres du ciel ! vous dignes magistrats !
    Et vous enfin pieux Oblats !
    Grâces, grâces vous soient rendues.

XVII. — Agapes.

    C'est l'heure du départ,
Mais de peur qu'en chemin, chantre, tu ne défailles,
Aux agapes, l'on veut que tu prennes ta part,
    Avec les pasteurs et les ouailles.

Soyons complet dans nos rapports :
    Ce grand jour exclut la diète,
    Du rigoureux anachorète,
    Qui prophétisa sur ces bords....

Adieu ! roches hospitalières.
O bonne Dame des Lumières !

Encore un regard maternel;
Et que ta bienfaisante haleine,
Soit la brise, un jour qui nous mène
Au foyer lumineux, le cœur de l'Éternel.

Docteur C. BERNARD.